LE BRÉSIL

LE BRÉSIL

PRÉCIS HISTORIQUE, EN VERS

PAR

GUSTAVE HERPIN

Tantæ molis erat *præclaram* condere gentem !

PARIS
IMPRIMERIE JOUAUST
338, RUE SAINT-HONORÉ

1866

A SA MAJESTÉ

DON PEDRO II

EMPEREUR DU BRÉSIL

SIRE,

La France, plus qu'aucune autre nation, admire les fécondes splendeurs du règne de Votre Majesté.

Qu'il soit donc permis à une voix française de se joindre au concert d'éloges dus au monarque placé par la Providence sur le trône du Brésil.

Tout en m'efforçant d'esquisser les magnificences de ce pays et les faits mémorables dont il a été le théâtre, d'indiquer quelques-unes des nombreuses améliorations réalisées de nos jours et les utiles fondations où la sollicitude paternelle le dispute à l'intelligence la plus élevée, j'ai voulu faire apprécier aussi cette sûre direction imprimée aux ressorts d'une admirable organisation, et rappeler enfin qu'à tous les bienfaits de la paix s'unissent, dans l'histoire du Brésil, les éclatants triomphes de la gloire militaire.

Cette œuvre, simple ébauche d'un tel tableau, ne pouvait être offerte, quelque modeste qu'elle fût, qu'au génie créateur dont la toute-puissante initiative a conçu et opéré de tels prodiges.

J'ose donc prier Votre Majesté d'agréer avec bienveillance ce trop faible témoignage de mon admiration et du profond respect avec lequel je suis,

Sire,

de Votre Majesté,

le très-humble et très-obéissant serviteur,

Gustave HERPIN.

LE BRÉSIL

AVIS ESSENTIEL

L'histoire du Brésil est si étroitement liée à celle du Portugal, avec laquelle elle se confond souvent, qu'afin d'éviter toute erreur, nous avons cru devoir employer, pour l'impression de cet ouvrage, deux sortes de caractères :

Le caractère romain pour le Brésil,
L'italique pour le Portugal.

On appréciera surtout l'utilité de cette mesure dans les passages où la même période historique de l'un et de l'autre pays, ne pouvant être traitée que successivement, a nécessité la répétition des dates.

LE BRÉSIL

PRÉCIS HISTORIQUE, EN VERS

Soulevons, s'il se peut, le coin d'un voile épais,
Et, troublant du passé le silence et la paix,
Étudions le peuple, et par lui l'origine
D'un pays que le Ciel à la gloire destine.

. . . .

. . . .

Aux Mongols, du Brésil antiques habitants,
Succèdent des tribus de nouveaux conquérants;
C'est, par les Tapuyas cruels, anthropophages,
Qu'après eux sont peuplés ces fortunés rivages;
Vaïncus par les Tupis, du sud-ouest venus,
Sous le joug, à leur tour, on les voit retenus.

En seize nations ces hordes se divisent,
Quand les Tupinambas, plus puissants, les maîtrisent;
Quoique toujours guerriers, ils sont agriculteurs
Et, moins que leurs rivaux, primitifs en leurs mœurs;
Mais le bien le plus cher est pour eux la vengeance,
Et l'anthropophagie en est la conséquence.
Pourtant, d'un Créateur adorant l'unité,
Ils reconnaissent l'âme et l'immortalité.
Bien d'autres nations peuplent ces solitudes :
Les farouches instincts, les rudes habitudes
Des anciens Aymorès, des fiers Botocoudos,
Des cruels Guaranis et des Coréados,
Des Muras, des Puris, ouvrent une carrière
Où de la croix un jour doit briller la lumière.
Mundrucus, Malalis, Cahétès, Tamoyos,
Carijos, Omaguas, Macunis, Mongoyos,
De diverses tribus tels sont les noms sauvages.
Bogres et Charruas foulent aussi ces plages.
Entre les Gouaycourous, par leur division,
Les castes font obstacle à toute fusion.
Chez le Coréados, c'est une urne fidèle
Qui contient des guerriers la dépouille mortelle.
Mais il faut nous borner, malgré tout l'intérêt
Que pourrait présenter un récit plus complet.

C'est à ces nations que par Dieu sont livrées
Ces voûtes de verdure et ces riches contrées,
Dont les splendeurs font croire aux voyageurs ravis
Qu'ils ont sur terre, enfin, trouvé le Paradis (1).
Du nord au sud, comptant près de mille lieues,
L'immense Brésil voit des fleuves les eaux bleues,
Augmentant sa richesse et sa fertilité,
L'embellir par leur calme ou leur rapidité.
Nommons le Parana, l'Uruguay, l'AMAZONE!
Qu'imitent ses rivaux, mais que nul ne détrône;
Puis le Parahiba, le Tucantins-Para,
Le Rio Saint-François, enfin le Madeira.
Ces imposants cours d'eau, brisant tous les obstacles,
Aux débris végétaux servent de réceptacles.
Leurs ondes quelquefois, en précieux fragments
A leurs sables mêlés, roulent des diamants.
Outre un carbone pur, le Brésil offre encore
L'émeraude au vert franc, l'améthyste qu'honore
Au doigt d'un saint évêque un cœur simple et fervent.
Le rubis, le saphir, s'y trouvent moins souvent.
Mais Minas-Géraès en métaux si féconde,
Mato-Grosso, Goyaz, enrichissent le monde;

(1) C'est en ces termes qu'en parle Amerigo Vespucci.

Car cette terre enferme, en ses flancs généreux,
De mines d'or, d'argent, les filons merveilleux.
Le fer, l'étain, le plomb, le cuivre, le platine,
Rendent de la splendeur l'utilité voisine.
Le soufre, le cobalt, le sel, sont les joyaux
Qui complètent l'écrin des trésors minéraux.
Mais il nous montre encor, ce sol toujours en fêtes,
Ses déserts, ses forêts et leurs sublimes faîtes,
Où les géants des bois, enlaçant leurs rameaux,
Étouffent leurs enfants sous leurs puissants arceaux.
A la clarté du jour, qui luit mystérieuse,
S'y joint de l'infini la note harmonieuse.
C'est là que la nature, est-il plus digne lieu!
D'une éloquente voix s'entretient avec Dieu.
Soudain, quand vient la nuit, sortent de ces ombrages
Les cris, les hurlements de leurs hôtes sauvages.
Puis bientôt les oiseaux aux brillantes couleurs
Du réveil d'un beau jour célèbrent les splendeurs.
En ces climats, croissant sous l'œil de la nature,
S'élancent le palmier à la forte ramure,
Et la fougère en arbre, et le haut bananier;
Près du barrigudo, l'utile cocotier.
Enfin, le cacao, le coton et la canne,
Le café, le tabac, la flexible liane,

Se partagent le sol de cet heureux pays.
Que d'animaux divers peuplent ces frais lambris !
Utiles sont les uns et féroces les autres,
Mais curieux toujours et différant des nôtres :
Citons le jaguar, le puma, le tatou,
Le boa, le tapir, l'excellent tajassou,
Ces insectes ailés, escarboucles vivantes,
Qui semblent, dans la nuit, des étoiles filantes...
Mais c'est folie à nous d'esquisser ce tableau,
Et de cette splendeur d'approcher le flambeau ;
Qui la peindra jamais, qui pourrait la décrire !
Comme celle de Dieu, l'âme la sent, l'admire.

1500

C'est en l'an quinze cent que Pedralvez Cabral
D'un empire nouveau dote le Portugal.
Jouet des vents, des flots, voguant à la dérive,
Lorsque l'Inde l'appelle, au Brésil il arrive ;
Vers Pâques débarquant, il aime, en cœur pieux,
Du nom de Vera-Cruz à désigner ces lieux.
Le doigt de Dieu, pour tous, en ce fait se révèle ;
Lorsque Lisbonne apprend cette heureuse nouvelle,
Au prince elle confirme un nom déjà donné,
Et dans EMMANUEL voit le roi *fortuné*.

Cabral veut que son joug, léger aux indigènes,
Làisse croire au bonheur tout en donnant des chaînes;
Et les Tupiniquins, fraction des Tupis,
Dans un traître repos s'énervent, assoupis.
Dès lors, de toutes parts attirés vers ces plages,
Les grands navigateurs fréquentent ces parages :
L'illustre Vespucci, de ce monde parrain,
Dans l'œuvre admire un Dieu, créateur souverain.
Et quand le mot *Brésil* à *Vera-Cruz* succède,
Le commerce naissant par échange procède.
Vers cette époque, un ordre émané de JEAN TROIS,
Divisant le Brésil pour la première fois,
Forme, en faveur des chefs, neuf capitaineries,
Où chacun a son lot de forêts, de prairies :
Les deux Souza, Barros, Pereira, Tourinho,
Puis Correa, Goës et les deux Coutinho (1),
Tels sont les fondateurs, d'après notre annaliste,
Qui de leurs nobles noms composent cette liste.
Habiles écrivains, capitaines fameux,
De ce pays nouveau ce sont les dignes preux.

(1) Martim Affonso de Souza, Pedro Lopez de Souza, Joam de Barros, Duarte Coelho Pereira, Pedro de Campo Tourinho, Jorge de Figueyredo Correa, Pedro de Goës, Francisco Pereira Coutinho, Vasco Fernandez Coutinho.

1540

Si le hardi Français chez les Tupis pénètre,
C'est en hôte, en ami, jamais ainsi qu'un maître;
Mais dans le Portugais, dont le bras l'a dompté,
L'Indien reconnaît un vainqueur détesté,
Qui, persistant et fort, en construisant des villes,
Affermit son pouvoir sur ses vallons tranquilles.
L'un d'eux est-il vers lui guidé par le destin,
Il figure aussitôt dans un hideux festin.
Pendant ce temps, au Nord, les côtes sont prospères
Et les colons du Sud fondent Buenos-Ayres.

1545

Des faits contemporains plusieurs relations
Donnent sur les Tupis d'exactes notions;
La plus intéressante est le récit d'Hans-Stade;
Par les Tupinambas pris dans une embuscade,
Il dit naïvement ses transes, ses tourments,
Sur ces temps reculés précieux documents.

. . . .

. . . .

Le commerce au Brésil dès lors se développe,
Et bientôt ce succès tentant la vieille Europe,

Les avides enfants de ses peuples divers
Promettent cette proie à leurs instincts pervers.
Pernambuc et Bahia sont alors le théâtre
D'assauts où le Français se montre opiniâtre ;
Repoussé cependant, il porte ailleurs ses pas.
Mais sans abandonner ces attrayants climats.

1555

Pendant qu'au Paraguay l'Espagne colonise,
En France, vers ce temps, la réforme agonise ;
Coligny, qui le voit, sur ces bords veut offrir
Aux protestants français un tranquille avenir.
Villegagnon, choisi pour chef de l'entreprise,
Près Rio-Janeiro débarque par surprise.
Mais, à peine établi, changeant tous ses projets,
Il traite ses amis comme un roi ses sujets ;
Par lui persécutés, ces religionnaires
Vont fuir au fond des bois ses instincts sanguinaires,
Lorsqu'enfin il s'éloigne et, de tous abhorré,
En Europe revient mourir déshonoré.
Dans le Guanabara, par la France se forme
Une autre colonie où fleurit la réforme.
Cet asile bientôt, par sa prospérité,
Fait de puissants voisins naître l'avidité ;

Des jésuites, leurs chefs, employant l'influence,
Ils chassent les Français malgré leur résistance,
S'installent sur ce sol à leurs vœux accordé,
Et Rio-Janeiro dans ces lieux est fondé.

1560

Les Indiens, jaloux de leur indépendance,
Reconnaissent trop tard leur funeste imprudence,
Et, voulant recouvrer leur chère liberté,
Tout autre soin par eux est soudain écarté.
Parfois à leurs efforts un destin favorable
Semble faire prévoir un succès plus durable;
Mais les fiers Portugais trompent bientôt l'espoir
Qu'un heureux coup de main peut leur faire entrevoir.
Pourtant, d'un gouverneur de capitainerie
L'horrible sort confirme encor leur barbarie,
Et des colons, un jour cernés dans leur réseau,
Le péril est pressant... Quand d'Europe un fléau,
Qu'a su vaincre Jenner, arrête ces sauvages,
Qui, frappés de terreur, regagnent leurs ombrages.
C'est ainsi que ce mal, en sévissant alors,
Porte secours ou deuil aux peuples de ces bords.

1562

Cette époque voit naître, en ces rives lointaines,
Des hommes au cœur fort, aux allures hautaines ;
Leur patrie est *Saint-Paul;* pionniers, voyageurs,
Ils se montrent autant guerriers qu'agriculteurs :
Héros aventureux d'un pays en enfance,
Rien n'arrête leur bras, n'étonne leur vaillance ;
Natures où le mal est primé par le bien,
L'indigène, en leur sang, le dispute au chrétien.
Dans Saint-Vincent, province où Loyola domine,
Les *Paulistes* soumis, adoptant sa doctrine,
Établissent bientôt un pouvoir directeur,
Qu'entoure tout un peuple, actif, luttant d'ardeur.
Là, fleurit l'industrie et la riche culture ;
De ce point, s'efforçant de scruter la nature,
Ces hardis voyageurs explorent les déserts ;
Des filons d'or, d'argent, par eux sont découverts,
Et, menant leurs troupeaux paître en ce vaste espace,
Un jour, la canne à sucre enrichit leur audace.
Mais détachons nos yeux de ce riant tableau,
Lorsque du Portugal se creuse le tombeau.
Animé d'une ardeur pieuse, fanatique,
Et demandant la gloire aux sables de l'Afrique,

SÉBASTIEN *compromet, en un jour désastreux,*
Le fruit de cent combats livrés par ses aïeux.
Lorsque, près d'Alcaçar, son armée est détruite,
Il tombe, en préférant le trépas à la fuite,
Et de trois rois mourant dans les champs d'El-Kébir,
L'histoire nous transmet le triste souvenir.

1578

Du roi Philippe Deux le cauteleux génie
Hâte du Portugal la subite agonie,
Quand HENRY, *cardinal, roi, grand inquisiteur,*
A Coïmbre, à Goa, se fait persécuteur,

1580

ANTOINE *monte au trône où le pays l'appelle,*
Mais à tous ses efforts la fortune est rebelle :
Philippe dans Lisbonne entre en roi triomphant;
Le peuple le subit, tout en le maudissant.
Dans sa détresse, Antoine en appelle à la France,
Et n'obtient d'Henry Trois qu'une vaine assistance.

OCCUPATION DU PORTUGAL PAR L'ESPAGNE

La patrie est en deuil! Des vaillants Portugais
Les conquêtes, bientôt, sont à tous, à l'Anglais,
Au Hollandais, au Maure!... à qui veut bien les prendre;
Forte pour opprimer et faible pour défendre,
L'Espagne, à l'étranger ne pouvant résister,
Contraint, à sa ruine, un peuple d'assister.

1594.

Mais pendant qu'au Brésil travaille le Pauliste,
De sa richesse, enfin, l'Anglais trouvant la piste,
S'empare du Récif et de Pernambuco;
La voix de la défense est, alors, sans écho.
D'ailleurs résiste-t-on dans une ville ouverte?
Le poste est intenable et chacun le déserte.
Tout est mis au pillage; un vaisseau, dans le port,
Arrivant de Goa, subit le même sort.

1597

Vers cette époque encor, les fils de l'Angleterre
Descendent en larrons sur ce sol aurifère,

Surprennent Saint-Vincent, aux Paulistes si cher,
Mettent la ville à sac, et, regagnant la mer,
Ils s'éloignent chargés du fruit de leurs rapines,
Ne laissant après eux que deuil et que ruines.

1610

L'île de Maranham offre aux Tupinambas
Un refuge, le seul de ce peuple ici-bas :
Par cette race, ainsi qu'au temps de sa puissance,
Sont traités en amis les colons de la France.
Ils fondent San-Luis, dont le succès subit
De l'Espagne bientôt excite le dépit.
La ville est attaquée, et son chef, Ravardière,
Par le nombre est contraint de rendre l'île entière.

1617

Lorsqu'à Tamaraca pénètrent les Français,
Ils s'y livrent sans honte à de graves excès ;
Puis, pillent de Bahia les riches sucreries,
Celles des Ilheos et leurs factoreries.
Mais malgré ces revers, en ce siècle naissant,
Le Brésil se maintient prospère et florissant,
Ne devant ses succès qu'à lui seul, car l'Espagne
De ses vœux seulement l'assiste et l'accompagne.

1624

Depuis longtemps déjà le peuple hollandais
Convoitait le Brésil, naguère portugais.
D'émissaires adroits le rapport favorable
Avait permis de croire un succès immanquable.
Le Batave débarque, et soudain Siara,
Le Pernambuc, auquel le Récif se joindra,
Olinda, Piauhy, Rio-Grande do Norte,
Tout plie ou se soumet, et la force l'emporte!
De plus, Porto-Calvo, les forts Saint-Augustin,
Rio San-Francisco, le Maranham enfin,
Forment à la Hollande un florissant empire,
Fruit d'un rapt, il est vrai, mais que chacun admire.
Des côtes du Brésil elle occupe le tiers,
Et commande, en ces lieux, à cent peuples divers.
Dix-sept ans de combats confirment sa conquête;
Du succès elle semble atteindre alors le faîte,
Bien que San-Salvador, chel-lieu colonial,
Soit par le Portugais repris sur son rival.
Poursuivant ses desseins, le patient Batave
S'allie à l'Indien et rend libre l'esclave;
Puis, d'oisifs étrangers formant des partisans,
De sa propre fortune il les rend artisans.

Le Portugais, pourtant, en sujet de l'Espagne,
Occupe encor le Sud et sa riche campagne.
Le Nord seul appartient aux nouveaux conquérants,
Qui se montrent d'abord plus guerriers que marchands.
Villekens, Schop, Van Dort, chefs que nomme l'histoire,
S'effacent, quand Nassau se montre dans sa gloire.
Aussi grand général qu'habile gouverneur,
Il unit dans ses plans le génie au bonheur.
On lui doit ces secrets, précieuse capture,
Que la science sait ravir à la nature.

1637

Nassau voit, cependant, du destin la rigueur,
Devant San-Salvador, fatiguer sa valeur,
Quand de Bagnuolo l'énergique défense
De ses fougueux assauts démontre l'impuissance.

1640

Soixante ans de malheurs préparent le succès,
Qu'enfin Pinto confirme aux loyaux Portugais.
Tous se lèvent ensemble, ivres d'indépendance ;
Un seul cri retentit : Vive le roi Bragance !
Vasconcellos n'est plus. En vain Olivarès
Combat à Montijo, ses soldats sont défaits.

Dès lors, à tout jamais séparé de l'Espagne,
Le Portugal bénit JEAN QUATRE *et sa compagne.*
Un tel événement électrise les cœurs;
Chacun y reconnaît les divines faveurs.
Le Brésil de Jean Quatre acclame la victoire,
Puis divise en deux parts son vaste territoire;
La limite fixée entre les nations,
Portugais, Hollandais peuplent ces régions.

1643

Des envieux, alors, Nassau tombe victime;
Ses talents, ses exploits, voilà pour eux son crime.
Mais de l'arrêt ingrat d'un pays irrité,
Son grand cœur en appelle à la postérité.

. . . .
. . . .

De ses brillants succès si la Hollande est fière,
Le destin lui prépare une leçon sévère.
Déjà, même, un murmure, écho vague et lointain,
La menace en grondant d'un orage prochain.
Le bruit grandit, approche; enfin vient la tempête!
Mais où plane la mort un triomphe s'apprête:
Quatre peuples vaillants et d'ardeur transportés
Combattent pour leurs droits et pour leurs libertés.

Le drame a pour acteurs le blanc et le mulâtre,
Le nègre et l'indien; le Brésil pour théâtre!
Vidal et Vieira, trouvant plans et moyens,
Pour les réaliser, s'adjoignent deux soutiens :
Dias et Caméron. Ces quatre nobles âmes
Tendent vers un seul but, brûlent des mêmes flammes
Du joug des Hollandais délivrer leur pays!
De ce brillant espoir leurs yeux sont éblouis.
Par un mot seulement faisons ici connaître
Ces hommes que le ciel au Brésil a fait naître,
Et qui, pour prix d'un sort au malheur disputé,
A leur patrie esclave offrent la liberté.
En héros, Vieira, dirigeant l'entreprise,
Veut, dit-il, qu'un plus digne au succès la conduise.
Cependant, s'il est prêt à quitter le pouvoir,
Il sait, en le gardant, accomplir un devoir,
Lorsqu'à l'ordre royal qui de ses mains l'enlève
Il répond : « Sire, il faut que mon œuvre s'achève;
« Alors je pourrai dire, implorant mon pardon :
« J'ai conquis un empire, à mon roi j'en fais don (1). »
Vidal et Caméron, en luttant de noblesse,
Ne négligent jamais la force ni l'adresse.

(1) Historique.

Dias perd une main qu'un fer cruel abat,
De l'autre il prend son arme et retourne au combat.
Tels sont ces braves cœurs qui de tant de rencontres
Savent, toujours heureux, sortir sans malencontres.
Enfin Guararapi, tombeau des Hollandais,
A ce peuple interdit la lutte désormais.
Du Brésil sonne alors l'heure de délivrance,
Qui, donnant liberté, promet indépendance !

1653-1654

Pernambuc seul résiste à sept ans de combats,
Et l'espoir se maintient au cœur de ses soldats,
Car toujours de la mer le Hollandais est maître.
Lorsqu'on voit dans ces eaux une escadre apparaître :
Navires portugais et d'Europe envoyés,
Les produits du Brésil par eux sont convoyés.
L'amiral, apprenant à quelle noble cause
Il peut porter secours, aussitôt s'y dispose.
Le bouillant Vieira du chef obtient l'honneur
Dans le premier assaut de montrer sa valeur.
Il y court, il combat ; la lutte est acharnée,
Le triomphe complet et la ville gagnée.
Lorsque le Hollandais quitte enfin ses remparts,
C'est défait, écrasé, rompu de toutes parts.

Le général, voulant la sauver des outrages,
Laisse à la garnison ses armes, ses bagages.
Olinda, le Récif, sont aux mains du vainqueur.
L'espérance a fait place au succès, au bonheur.
Ainsi, de l'étranger l'oppression s'achève;
La surprise l'impose et la gloire l'enlève.
Dès lors, jamais ce sol, au bonheur destiné,
Du pied d'un conquérant ne sera profané.
L'ivresse, en Portugal, accueille la nouvelle;
Elle comble les vœux de son peuple fidèle,
Et, précédant d'un roi le trépas trop hâté,
L'aide à franchir le seuil de l'immortalité.

1656

ALPHONSE SIX *est roi; sa maladive enfance*
Lui laisse un corps débile, un esprit sans puissance.
Conti, son favori, du palais expulsé,
Est par Castelmelhor dignement remplacé.
Son hymen est stérile, et la reine le force
A déposer le sceptre, à subir un divorce.
Elle épouse son frère, et don Pèdre, régent,
Donne d'un roi captif le spectacle affligeant.
Villaflor et Schomberg ont gravé dans l'histoire
Deux noms que glorifie une double victoire;

L'un est Montesclaros et l'autre Amcixial :
Leur souvenir longtemps trouble l'Escurial.
Mais, quel que soit le sort de la mère-patrie,
Le Brésil, qui doit tout à sa seule industrie,
Va toujours grandissant, et sa prospérité
Confirme du travail le succès mérité.
Si dans d'habiles mains le sol s'améliore,
Des mines les produits le font plus riche encore.
Au sein des bois couvrant ces vastes régions,
S'élèvent des cités, jeunes fondations,
Qui, se peuplant soudain, comme ruches d'abeilles,
Montrent à l'œil ravi du progrès les merveilles.

. . . .

. . . .

S'il n'est pas vrai toujours, il l'est bien quelquefois,
Ce précepte empruntant de la raison la voix :
« Sont-ils peuples heureux, ceux qu'enivre la gloire,
« Et dont la renommée au loin redit l'histoire?
« Faut-il donc, au bonheur, d'un Passé les appas?
« Non, plus heureux cent fois sont ceux qui n'en ont pas. »
Cette époque, au Brésil, nous en fournit l'exemple;
De la gloire nul fait n'y vient orner le temple,
Et sans combat fameux, ni drame saisissant,
Heureux est ce pays; qu'un autre soit puissant!

Mais un fait singulier, qui peut-être s'explique
Par des nécessités de haute politique,
C'est cette exclusion qui frappe l'étranger,
Qu'au Brésil on redoute à l'égal d'un danger.
Plus d'un siècle et demi règne cette défense,
Que, vers l'an dix-huit cent, supprime une ordonnance
Période de calme et de sécurité,
Le silence et l'oubli font sa félicité.

1683

Après plus de quinze ans cesse enfin la régence.
PIERRE DEUX, *nommé roi, de l'éclat des Bragance*
Vingt-trois ans héritier, sait l'augmenter encor
Et, quand l'Inde se meurt, du Brésil tirer l'or.
De la succession s'il dirige la guerre,
Il laisse Methuen enrichir l'Angleterre.
Mais loin du Portugal, et sans l'abandonner,
Au Brésil, maintenant, il nous faut retourner.

1700

En Pernambuc, des noirs la race populeuse
Se forme librement en colonie heureuse.
Cette fondation date de cinquante ans,
Et se peuple déjà de vingt mille habitants.

Par la forme et le fond, république agricole,
Palmarès du pays semble la métropole.
Le grand chef, que toujours nomme l'élection,
Jouit du rare honneur d'une habitation.
Le Zombé, c'est son nom, pratique un fétichisme
Qu'un peuple, ainsi que lui, croit le catholicisme.
Dans ce lieu l'on comprend, sans plus ample détail,
Que le premier devoir est, pour tous, le travail.
Par sa prospérité, cette tribu sauvage,
Au Brésil défiant porte bientôt ombrage;
On veut sa perte, on part. Mais l'échec est complet:
Il faut contre les murs les efforts du boulet.
L'on mande sur-le-champ un corps d'artillerie,
Qui de ces noirs bientôt fait une boucherie.
Le Zombé monte alors sur un roc escarpé,
Par l'ennemi vainqueur non encore occupé.
Il voit qu'il est cerné, perdu, sans espérance;
Qu'inutile est l'attaque et vaine la défense;
Mais il est libre encor, l'abîme est sous ses pas :
Intrépide, il s'élance et trouve un beau trépas.
Tel est le dénoûment de cette tentative;
Libre un jour, Palmarès est désormais captive.
Nulle trace, aujourd'hui, n'indique qu'en ces lieux,
Tout un peuple vécut et mourut glorieux.

1706

Le Portugal ressent à peine l'influence
Du revers d'Almanza; sous JEAN CINQ, *sa puissance*
Ne peut se comparer qu'à sa prospérité.
Ce roi, grand par le cœur, l'esprit et l'équité,
A son peuple, au pays, sans borner ses largesses,
Aime à vouer à Dieu du Brésil les richesses.
Des corsaires hardis tentés par ses trésors,
Trouvent dans ce voyage un but à leurs efforts.
L'aventureux Duclerc, sous pavillon de France,
Y débarque bientôt sans nulle résistance.
Vers Rio-Janeiro, par des nègres guidé,
Il en franchit l'enceinte. Aussitôt, débordé,
Sans espoir de secours, dans un précaire asile,
Il doit se rendre au chef qui commande la ville;
Et, moins d'un an après, d'odieux ennemis
L'égorgent en prison, aux yeux de ses amis.

1711.

Lorsqu'à Duguay-Trouin parvient cette nouvelle,
Il prétend de Duclerc venger la mort cruelle.
Au Brésil il arrive, aborde en un îlot,
Et, d'une batterie établie aussitôt,

Le feu peut contenir ou foudroyer la ville.
Il arrète son plan, en commandant habile,
Et demande d'abord qu'on remette en ses mains
Les Français prisonniers, les traîtres assassins,
Puis, d'une indemnité fixe aussi l'importance.
Ces mots, du général insultent la vaillance :
« Me soumettre à ces lois, dit-il, plutôt mourir !
« L'homme peut succomber, mais non l'honneur périr (1). »
Tel est son fier langage. Alors le bronze tonne.
Avec la foudre humaine une autre encor résonne,
Qui, d'une sombre nuit redoublant la terreur,
De tous côtés répand l'épouvante et l'horreur.
Le jour paraît enfin. Étrange découverte !
Le peuple a fui Rio, cette ville est déserte.
Pourtant on se rapproche et, le traité signé,
Le pays à son sort se montre résigné.
Duguay-Trouin, vainqueur, revient, non sans vengeance,
Offrir au roi son or et sa gloire à la France.
Hors ce seul fait qu'ici rappellent quelques mots,
De cette époque rien ne trouble le repos.

. . . .

. . . .

(1) Textuel.

Bienfaiteur de son peuple et de l'Europe arbitre,
De grand prince Jean Cinq sait mériter le titre.
Il combat le sultan, dans Utrecht fait la paix,
Fonde une académie et construit des palais.
Mais, à tant de splendeurs contraste trop funeste,
Il voit Lisbonne en proie aux horreurs de la peste.

1750

La capitation par JOSEPH disparait :
Avec joie, au Brésil, on reçoit ce bienfait.
A Rio, vers ce temps une haute cour siége.
Bien qu'un contrat sévère, au nom du roi, protége
Le droit d'extraction du sol diamantin,
Pourtant la contrebande a sa part de butin.
Voyant les possesseurs des capitaineries,
Sans culture laisser leurs vastes métairies,
La couronne reprend ces biens abandonnés.
A des lots différents d'autres noms sont donnés :
De dix gouvernements les limites se tracent,
Puis, les subdivisant, vingt provinces s'y placent.
Mais du calme Brésil venons au Portugal.
De Joseph le sens droit lui dicte un choix royal ;

Carvalho (1) *se distingue, au pouvoir il l'appelle;*
De ce ferme soutien la main sûre et fidèle,
D'illustres assassins sait punir la fureur.
Un tremblement de terre, en semant la terreur,
Montre au peuple Oeiras réparant ce sinistre.
Bientôt le roi, cédant aux vœux de son ministre,
Des jésuites puissants prescrit l'expulsion,
Et l'Espagne cessant sa vaine agression,
Joseph peut remplacer, fermant bien des blessures,
Ses rigoureux décrets par de sages mesures.

1763

Sous ce règne, au Brésil, la vice-royauté
Voit alors, à Rio, son siége transporté.
Du grand Pombal ici la main se montre encore;
Il devine des mers la reine à son aurore.

1777

MARIE *et son neveu, par l'ordre paternel,*
Règnent tous deux unis d'un lien éternel.

(1) Sebastien Jose de Carvalho e Mello devint comte d'Oeiras marquis de Pombal.

Marie a le pouvoir, l'exerce sans partage;
Epoux-roi seulement, d'un monarque l'image,
PIERRE TROIS *meurt bientôt, et de la royauté*
N'emporte en son tombeau que l'éclat emprunté.
Lorsque le sort envoie à cette sainte veuve
Dont le ciel est l'espoir, une suprême épreuve,
Et, le repos d'esprit étant pour elle urgent,
Le prince du Brésil, son fils, devient régent.
Le pays prend alors parti dans une guerre
Dont à ses intérêts la cause est étrangère.
A la force opposant la persuasion,
Sans pouvoir amener une conclusion,
Jean gagne le Brésil, laissant une régence,
Et se montre en partant favorable à la France.
Mais, lorsqu'en son malheur il cherche asile au loin,
De graves changements le pays est témoin.]

1807

C'est à San-Salvador que le régent débarque;
Avec enthousiasme est reçu le monarque :
Sa présence est pour tous du ciel une faveur,
La joie est à son comble et l'on croit au bonheur.
Mais, dès son arrivée, apprenant que la France
Usurpe en Portugal ses droits et sa puissance,

Il annule aussitôt et rompt les deux traités
Qu'en Europe naguère il avait contractés.
Alors sont publiés ces actes mémorables,
Changeant l'ancien système et rendant abordables
Aux vaisseaux étrangers cette côte et ses ports,
Où le monde marchand concentre ses efforts.

1808

A Rio-Janeiro quand le régent arrive,
La joie est plus encore enivrante, expansive.
De la prospérité, du bonheur du pays,
Les nouveaux éléments sont bientôt établis.
Par des créations utiles et pratiques,
Par plusieurs instituts, des corps scientifiques,
Et par la presse enfin, le régent, au Brésil,
Sait donner à l'Idée un essor plus viril.
Du progrès le pays éprouve l'influence;
Tout ressent ses bienfaits, matière, intelligence;
Si le libre trafic y trouve un sûr appui,
Si l'art croît en naissant, l'honneur en est à lui.
Mais cette nation, impatiente et fière,
Rêve pour la patrie indépendance entière.
De là, l'antagonisme incessant et fatal
Entre les fils du sol et ceux du Portugal.

1815

En royaume érigé, dans sa reconnaissance,
Le Brésil, plein d'espoir, acclame la régence.

20 mars 1816

Soudain la reine meurt. Dès lors, son noble fils
De trois peuples est roi sous le nom de JEAN SIX.

13 mars 1817

Cette année est témoin de l'accueil plein d'ivresse
Que reçoit d'un époux la jeune archiduchesse,
Trop tôt ravie, hélas! à Don Pèdre, au bonheur.
Et le charme et la vie, elle eut tout d'une fleur.

. . . .

. . . .

Contre le Portugal, Pernambuc irrité,
Cherche l'indépendance après la liberté.
Entre les deux partis s'exalte, s'exagère
Une rivalité, prélude de la guerre;
Mais les Brésiliens n'ont jamais jusqu'alors,
Pour vaincre l'oppresseur, réuni leurs efforts :
Quand, à certain arrêt opposant résistance,
Les colons font, un jour, appel à la vengeance.

Le sang coule, déjà des excès sont commis,
Lorsque, les libéraux cernant leurs ennemis,
Le gouverneur du fort pactise et se retire.
La révolution voit à ses vœux souscrire
Ce peuple qu'un succès rend plus vain que prudent.
Martins dirige tout, en patriote ardent;
Mais, du suppôt d'Arcos, de Mello la victoire
Lui ravit à la fois l'espérance et la gloire.
Du sort du pays seul se montrant accablé,
A son indépendance il succombe immolé.

1818

A Rio-Janeiro, tout annonce une fête;
L'encens fume à l'autel et la couronne est prête :
C'est le sacre du roi. Mais la sainte onction
Fait, loin de l'affaiblir, croître l'aversion
Qu'aux cœurs brésiliens les Portugais inspirent,
Car, ainsi qu'autrefois, à régner ils aspirent.

1821

A cette date, un fait à Rio se produit,
Qui des dissensions montre le triste fruit.
Des bruits calomnieux répandus dans la ville,
Trouvant le peuple ému, mais cependant tranquille,

La nomination d'un nouveau parlement
En un vaste palais le rassemble un moment;
Quand soudain des soldats, du lieu forçant l'enceinte,
Portent aux libertés la plus sanglante atteinte.
La violence règne, et la loi du plus fort
Dans un séjour de paix fait pénétrer la mort.
Le roi reste, pour tous, étranger à ce drame,
Dont ses vils conseillers ont seuls ourdi la trame;
Il part plein de regrets, gagnant le Portugal,
Où l'émeute s'agite, où conspire un rival.

1808

Mais des événements d'une haute importance
Du trône et du pays menacent l'existence;
Quand, envahi trois fois, et trois fois délivré,
Du Portugal enfin le sort est assuré.
Triomphante longtemps, la France est affaiblie,
L'Europe fait la paix; la traite est abolie.

1821

« Défenseur du Brésil, régent perpétuel, »
Tel est le nom, d'après un pacte mutuel,
Que JEAN SIX, en partant, à DON PEDRO confère.
Cette convention, qu'aucun doute n'altère,

Permet que le régent, de ce pays l'honneur,
Devienne du Brésil le premier empereur.
Une chambre, dès lors, par ses soins se rassemble;
Mais, ses débuts manquant d'à-propos et d'ensemble,
L'empereur la dissout, et le sort du pays
Entre ses dignes mains est de nouveau remis.

1823

Après maints changements, c'est sur dix-neuf provinces
Que, dès lors au Brésil règnent ses nobles princes.

. . . .

. . . .

Expulsé de Rio, sans espoir désormais,
Résiste dans Bahia le parti portugais;
Mais lord Cochrane arrive, et sa flotte foudroie
Cette ville, un moment des rebelles la proie.
C'est alors que paraît la Constitution
Que le monarque jure avec la nation;
Œuvre d'un souverain, moins que celle d'un père,
Il y montre un cœur droit, généreux et sincère.
Le peuple s'associe à ses nobles efforts,
Et les vœux de son prince excitent ses transports.
Tout semble prospérer; Pernambuc seul proteste;
La révolte est son but, ce mouvement l'atteste.

Mais, bien qu'il n'en soit pas à son dernier complot,
Aux lois de son pays il est soumis bientôt.

. . . .

. . . .

Don Pedro, par la guerre, à recouvrer aspire
La limite du Sud, enlevée à l'empire.
Mais que peut sa valeur dans ce pays lointain,
Du Brésil détaché? L'esprit républicain
A Montevideo, par des nœuds volontaires,
Comme la Cisplatine, unit Buenos-Ayres;
Aussi les deux partis, fatigués de combats,
Mettent fin, dans ces lieux, à de sanglants débats.

1821

De retour du Brésil, Jean Six rentre à Lisbonne,
Quand, la guerre civile ébranlant sa couronne,
Il sait adroitement éloigner Don Miguel,
Ennemi du parti constitutionnel.
Du Brésil comme empire acceptant l'existence,
Le Portugal consent à sa reconnaissance.

10 *mai* 1826

Jean Six, roi noble et bon, meurt victime du sort;
Douloureuse est sa vie, enviable est sa mort.

1827

L'empereur en personne ouvre les parlements,
Et leur soumet bientôt deux projets importants.
Il veut combattre encor contre Buenos-Ayres
Et soutenir aussi les droits héréditaires
De sa fille Marie au trône portugais,
Dont un rival a su se ménager l'accès :
La reine part ; l'espoir la guide en Angleterre,
Quand la rébellion de la troupe étrangère
Epouvante Rio, que de pressants devoirs
Forcent, pour sa défense, à l'armement des noirs.
A peine les mutins renvoyés en Europe,
Le Brésil, sous son prince, en paix se développe ;
Seule, sa volonté, sans nul autre secours,
De la prospérité sait diriger le cours ;
Et, sous forme morale ou bien matérielle,
Chaque jour, le progrès s'accroît ou se révèle.

17 octobre 1829

Don Pedro, dans ce jour, est uni pour jamais
A la fille du prince Eugène Beauharnais,
Ce fier soutien d'un trône aux Français cher encore,
Qu'un héros immortel du nom de fils honore.

1829

Mais les Brésiliens, en ce temps, toujours prêts
A se croire livrés au parti portugais,
Accusent l'empereur, dans leurs sourdes menées,
De reprendre au pays les libertés données :
« L'Europe seule y règne, et la fraude, le dol,
« Fruit du joug portugais, frappent l'enfant du sol ; »
C'est ainsi qu'au Brésil l'esprit public s'égare.
Les cœurs sont agités, le soupçon s'en empare.
Un homme, plus que tous, augmente ces rumeurs ;
Don Pedro l'a comblé de richesses, d'honneurs.
Mais approcher le prince est, à ses yeux, un crime,
Et celui qui le tente est toujours sa victime ;
Quand l'un de ses rivaux dévoile à l'empereur
Les infidélités d'un ministre imposteur.
Disgracié bientôt, on le voit à la tête
De ceux qui, dans l'État, ne rêvent que tempête ;
Il excite le peuple à saper le pouvoir,
L'entretient de son droit et lui tait son devoir.

1831

Les clubs, de tous côtés, siégent en permanence,
De ces cerveaux ardents s'accroît l'effervescence.

Mais, en sincère ami d'ordre et de liberté,
Au peuple l'empereur parle avec fermeté :
« A tout prix du pays il défendra la charte
« Et ne souffrira pas que des lois on s'écarte. »
Néanmoins, chaque jour, les troubles renaissant,
L'horizon s'assombrit et devient menaçant.
Dans ces esprits fougueux, le même ministère
Excite tour à tour la joie ou la colère ;
La charte, toutefois, aux yeux de l'empereur,
Reste, pour le pays, le seul phare sauveur.

7 avril 1831

Mais l'émeute en grondant se répand dans la ville,
Pille les arsenaux, bientôt tue ou mutile.
L'empereur comprend tout. Sur ce peuple inconstant
Il abdique ses droits. Noble encore en partant :
« Soyez heureux, dit-il, je quitte une patrie
« Que personne, jamais, plus que moi n'a chérie (1). »

8 avril 1831

Un pouvoir provisoire, un conseil est nommé.
Remplaçant un régent, de trois membres formé,

(1) Historique.

Il est le sûr appui d'un règne à son aurore
Et proclame empereur Pedro Deux, jeune encore,
Dont le père abandonne à jamais le Brésil;
Dona Maria Deux le suit dans son exil.
Pendant que leur vaisseau les porte vers la France,
De nouveaux conseillers composent la régence,
Puis, leur nombre restreint est encor limité.
Le service exigeant plus de rapidité,
Un seul régent enfin remplace les trois membres
Et gouverne l'État, selon le vœu des chambres.

10 *mai* 1826

A la mort de Jean Six, de don Pedro le choix
Lui fait, en Portugal, abandonner ses droits
En faveur de sa fille, absente de Lisbonne.
Dona Maria Deux, *reine, mais sans couronne,*
Voit, méprisant son droit, violant un devoir,
Don Miguel, usurper son trône et son pouvoir.

Août 1831

Pour la seconde fois, l'heureux pays de France
Accueille dans son sein deux illustres Bragance.
La reine Maria, Don Pedro l'empereur,
Sont reçus à Paris avec joie et bonheur.

A Ponte-Ferreiro, dans Porto c'est un père,
Un héros qui combat; en lui sa fille espère,
Quand Don Miguel, deux fois battu par Terceira,
Est contraint de signer le traité d'Evora.

27 *mai* 1834

Reine alors reconnue et par l'Europe entière,
Dona Maria Deux pleure bientôt un père.

24 septembre 1834

D'un empire au Brésil l'illustre fondateur,
Qui sait au Portugal rendre aussi le bonheur,
Succombe, alors qu'à peine est sa tâche finie;
Mais, s'il est patient, ainsi que le Génie,
Le grand don Pèdre, en qui toujours sa flamme a lui,
Sera, dans l'avenir, éternel comme lui.

Mai 1831

D'un glorieux passé que le Brésil s'honore;
Notre époque l'atteint et le dépasse encore.
L'espérance créait d'audacieux projets,
Accomplis aujourd'hui, ses vœux sont satisfaits.
Aux produits du pays, tant splendides qu'utiles,
Si les transports sont lents, les routes difficiles,

Aussitôt leur réseau, par son tracé complet,
D'un pouvoir éclairé montre l'heureux effet :
Il sait tirer parti d'une riche nature,
Protéger l'industrie, étendre la culture.
Soit finances, commerce ou marine, au progrès
Nul peuple, en l'atteignant, ne trouva plus d'attraits.
Au chiffre d'habitants, qui chaque année augmente,
S'ajoute de colons une foule immigrante ;
C'est à Don Pedro Deux, auguste novateur,
Que d'un si rare ensemble appartient tout l'honneur.
Sage dans les conseils, modèle de vaillance,
Sa force sait braver toute injuste exigence.
Enfin, le Paraguay vient encore à nos yeux
De le montrer clément, fort et victorieux.
Puissent de ce pays les hautes destinées
Conserver pour arbitre, en de longues années,
Ce guide au coup d'œil sûr, aux instincts si puissants,
Qui rend peuple et patrie heureux et florissants !

www.ingramcontent.com/pod-product-compliance
Ingram Content Group UK Ltd.
Pitfield, Milton Keynes, MK11 3LW, UK
UKHW020451230726
13925UKWH00005B/1865

9 782019 161293